AF317271

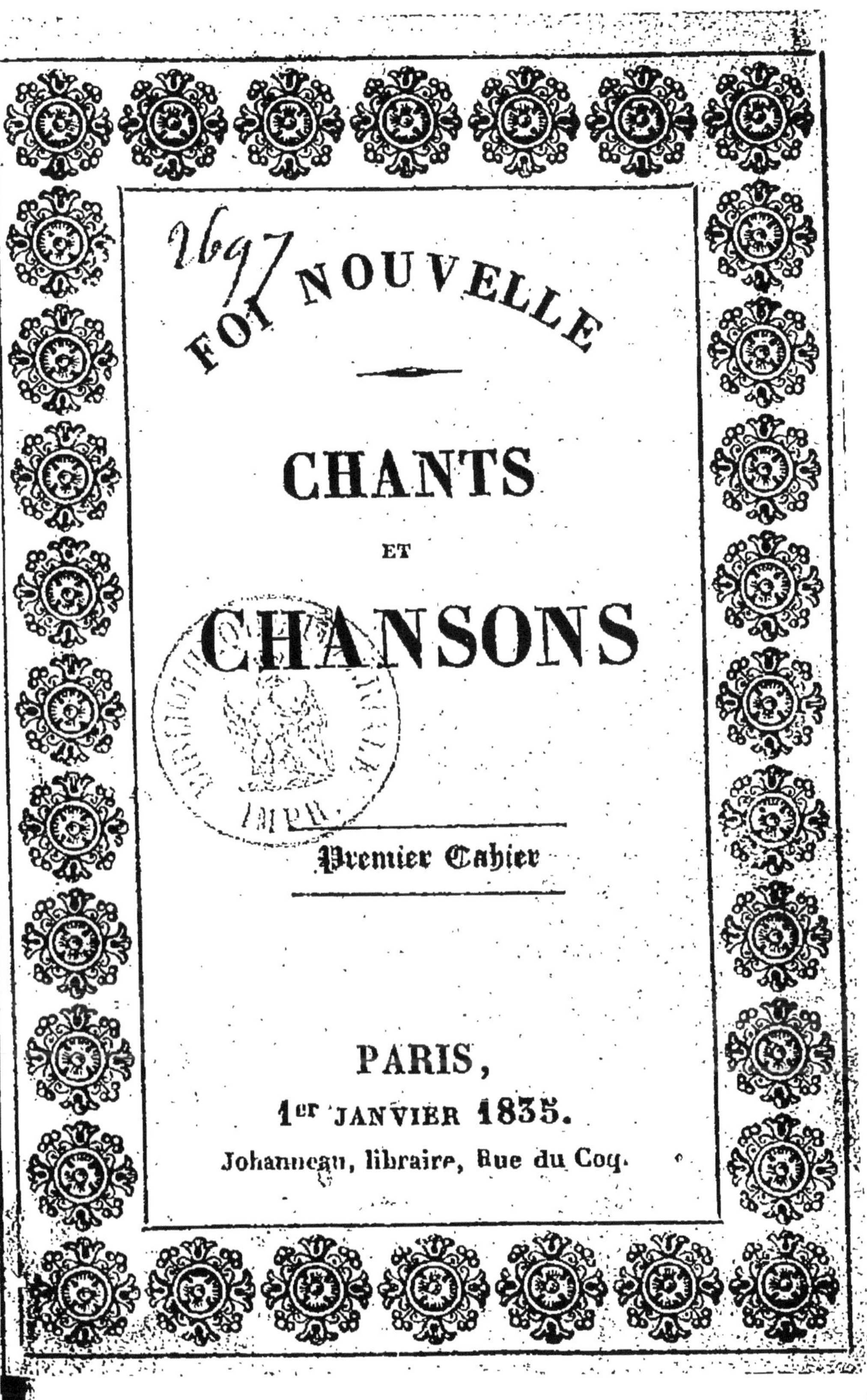

FOI NOUVELLE

CHANTS

ET

CHANSONS

Premier Cahier

PARIS,

1er JANVIER 1835.

Johanneau, libraire, Rue du Coq.

EXEMPLAIRE CONFIÉ

par _______________________________

____

____

à _______________________________

____

Ce   183

CHANTS

ET

CHANSONS.

PETIT, Imprimeur, rue Saint-Denis, 380.

DAVID, ERNOULT, | SAUNY, A. PETIT,
compositeurs. | imprimeurs.

CHANTS

ET

CHANSONS

DE

BARRAULT, VINÇARD, BRIOUS, J. MERCIER,
LAGACHE, CORRÉARD, ROUSSEAU,
F. MAYNARD.

1831 à 1834.

PARIS,

Johanneau, libraire, rue du Coq-St.-Honoré.

CHANTS

ET

CHANSONS.

MA FOI DANS L'AVENIR.

O mes amis ! quelle vive espérance
Vient ranimer mes désirs les plus doux ;
L'Humanité croit à sa délivrance ,
Disparaissez , et chaînes et verroux ,
Dans la poussière où courbaient nos genoux.
Oui pour jamais la force héréditaire
Va s'effacer de chaque souvenir,
L'homme dans l'homme embrassera son frère :
Voilà, voilà ma foi dans l'avenir.

Plus de blason, de titre, d'apanage,
Hochets vieillis d'un pouvoir contesté ;
Au joug pesant, fondé par l'héritage,
Va succéder la sainte égalité
Du droit sacré de la Capacité.
Sans la vertu qu'importe la naissance ;
Pour commander et pour faire obéir
Le vrai mérite aura seul la puissance :
Voilà, voilà ma foi dans l'avenir.

Va, suis l'essor de ta course rapide,
Enfant sans nom, l'Univers t'appartient ;
Plus de barrière à ta fougue intrépide ;
Chacun de ceux qui forment ton soutien
N'a de bonheur s'il n'est utile au tien.
Laisse parler ta douce sympathie,
Près de nos cœurs le tien va tressaillir ;
Pour te guider s'offre une main amie :
Voilà, voilà ma foi dans l'avenir.

De l'égoïste au cœur froid et stérile,
Combien, hélas ! je plains le triste sort.
Le *moi* honteux, comme un affreux reptile,
D'un noble élan comprimant chaque effort,
Verse en son âme et l'envie et la mort.
O SAINT-SIMON ! par ta divine chaîne,
De son amour tu me fais pressentir ;
Ma vie, enfin, bientôt sera la sienne :
Voilà, voilà ma foi dans l'avenir.

Français grandi dans le sein de l'orage ,
Qui sous leur pourpre as fait trembler les rois,
Ah ! de l'Europe entends chaque rivage
Decor sanglant de tes nombreux exploits,
En chants de paix retentir à nos voix.
Plus de soldats , de luttes meurtrières ,
Un même amour, venant tous nous unir,
Renversera limites et frontières :
Voilà, voilà ma foi dans l'avenir.

RELIGION ! pure et sainte alliance ,
Pacte sacré des mortels et des dieux ,
Ah ! viens encor par ta haute influence,
Des sentimens confondant tous les vœux ,
De nos liens resserrer tous les nœuds.
Concert divin ! ô sublime harmonie !
Chacun verra son bien-être grandir
Par les BEAUX-ARTS, le *savoir*, l'*industrie* :
Voilà, voilà ma foi dans l'avenir.

VINÇARD.

LA LOI DE **DIEU**.

Levez les yeux, nobles fils de la France,
Voici venir une autre Liberté;
Levez les yeux, la voilà qui s'avance
Le front brillant d'une sainte clarté.
Elle n'est plus sur ce char de la guerre,
Dont un sang pur teint le bruyant essieu;
Des aîles d'or la portent vers la terre,
Sa main dans l'air trace la LOI DE **DIEU**. (*bis.*)

D'une voix forte, aux PEUPLES elle crie :
« Pour votre sol, quoi ! toujours des combats,
» Le Monde entier, voilà votre patrie,
» Les TRAVAILLEURS sont les nouveaux soldats;
» Plus de clairons, de clameurs sanguinaires,
» Que désormais la paix règne en tout lieu,
» Soyez unis, tous les hommes sont frères :
» Chantez en chœur, telle est la LOI DE **DIEU**.

Ah! contre toi plus d'injuste anathème,
Enfant du Pauvre, enfant déshérité !
Tous ont des droits, par le nouveau baptême,
A l'ordre saint de la CAPACITÉ.

A tes efforts s'ouvre enfin la carrière;
L'astre immortel, qui s'élève au milieu,
Verse sur tous sa féconde lumière ;
TOUS SONT ÉLUS, telle est la LOI DE **DIEU**.

PEUPLES! formez une seule famille,
Et déployez votre immense drapeau;
Dans un ciel pur, Phare éclatant qu'il brille,
Qu'à l'Univers il serve de flambeau,
A l'ancien monde, à la haine, à la guerre
Dites enfin un solennel adieu :
Que l'harmonie habite votre terre :
L'ordre et la paix, voilà la loi de **DIEU** !

LAGACHE.

AU PEUPLE.

Peuple, peuple, peuple, viens à nous,
Nous proclamons la FOI NOUVELLE ;
Ensemble travaillons tous,
Peuple, peuple, peuple, viens à nous,
Peuple, peuple, peuple, viens à nous,
A nous,
A nous,
Peuple ! viens à nous.

Abandonné sans appui dans la vie,
Sans guide pour t'y protéger,
Des douleurs dont elle est remplie,
Nous te voyons souffrir, nous voulons te sauver ;
A notre amour que ton amour réponde :
Viens dans nos bras, viens , nous t'aimons ;
Viens avec nous sauver le Monde,
Sauver le Monde : viens, marchons !

Peuple, peuple, etc.

Allons d'un pas pacifique, mais ferme,
De ce monde briser les fers ;
De ses maux avançons le terme ;
Par des liens d'amour embrassons l'Univers ;
Unissons-nous : et la terre féconde
Pour tous ouvrira ses sillons ;
De ses douleurs sauvons le Monde,
Sauvons le Monde : viens, marchons !

Peuple, peuple, etc.

Associés d'intérêt, de courage,
Rien ne pourra nous désunir ;
Nous travaillerons d'âge en âge
Sous la loi du Progrès, seule loi d'Avenir ;
Que l'Univers à notre Foi profonde
Réponde enfin, nous l'appelons :
De ses douleurs sauvons le Monde,
Sauvons le Monde : viens, marchons !

Peuple, peuple, etc.

Au PÈRE, au Peuple, à la nature entière,
Nous avons voué notre sort ;
Nous ferons cesser la misère ;
Oui, nous sommes à tous, à la vie à la mort ;

A notre voix que la tienne réponde,
FEMME LIBRE ! nous t'attendons ;
Viens avec nous sauver le Monde,
Sauver le Monde : viens, marchons !

Peuple, peuple, peuple, viens à nous,
Nous proclamons la FOI NOUVELLE ;
Ensemble travaillons tous,
Peuple, peuple, peuple, viens à nous,
Peuple, peuple, peuple, viens à nous.
A nous,
A nous,
Peuple ! viens à nous.

BRIOIS.

A LA FEMME.

Parmi nous, FEMME douce et chère,
   Viens pacifier l'Univers ;
A ses Enfans viens donner une MÈRE ;
Viens : nos bras et nos cœurs te sont toujours ouverts.

   Lève ton front trop long-temps abaissé,
   Lève ton front, FEMME douce et timide ;
   Répudiant l'outrage du passé,
   Que ton amour nous inspire et nous guide.
Nous avons déchiré le funeste bandeau
Qui nous cacha long-temps ta divine puissance ;
      Viens, ton règne commence :
DIEU n'a pas pour l'oubli fait un pouvoir si beau.

      Parmi nous, etc.

Viens, prends un luth à tes mains usurpé :
Du Travailleur, ton frère d'esclavage,
Que le malheur par toi soit extirpé ;
Rallume en lui l'espoir et le courage.

On vit par son TRAVAIL et non par son blason;
Dis lui donc qu'il verra pour sa grande famille
  Sa tranchante faucille
Des coteaux jaunissans dépouiller la toison.

  Parmi nous , etc.

 Va, ce n'est pas un culte sans ferveur,
 Tel qu'à tes traits en vouait l'artifice ;
 Il s'est éteint le jour de la faveur,
 Il va briller le jour de la justice.
Ne seras-tu toujours qu'une vierge aux doux yeux,
Ou sultane adorée, esclave ou vagabonde ?
  Non : viens montrer au Monde
La plus belle moitié d'un couple radieux.

  Parmi nous, etc.

 Retiens les bonds de ton coursier fougueux,
 Noble soldat, et redresse ta lance ;
 Cessez vos cris, vos transports belliqueux :
 LIBRE, en vos rangs une Femme s'avance;
Sa voix en Travailleurs changeant vos bataillons,
Elle saura bientôt calmer toutes les haines ;
  Et dans nos vastes plaines
Le fer de vos mousquets creusera des sillons.

  Parmi nous, etc.

Non, ce n'est pas un bonheur idéal,
La voilà bien, mon cœur me la révèle ;
Obéissant à ce sacré signal ,
La voilà bien, majestueuse et belle :
Canons ne tonnez plus ; tombez mortel épieu ;
La Femme va parler, et sa voix virginale
     Sera grande et morale :
Qui pourrait en douter nierait la loi de DIEU.

    Parmi nous, Femme douce et chère,
    Viens pacifier l'Univers ;
  A ses Enfans viens donner une MÈRE ;
Viens : nos bras et nos cœurs te sont toujours ouverts.

           J. MERCIER.

L'AVENIR EST A NOUS.

Non, non, plus de tempêtes,
D'effroyables conquêtes,
Dont nous souffrions tous ;
De fleurs parons nos têtes ,
Chantons l'hymne des fêtes,
     L'avenir est à nous,
     L'avenir est à nous,
     L'avenir est à nous,
     L'avenir est à nous.

Elans du cœur, chants d'amour et d'ivresse,
Partez, volez sur l'aile du bonheur ;
Et qu'aux accens d'une sainte allégresse
L'écho lointain, ange consolateur,
Du monde entier apaise la douleur.
Las ! si long-temps tu répandis des larmes,
PEUPLE , mon Dieu, tu ne dois plus souffrir;
Ta patience a lassé les alarmes ,
Tes cris enfin sont des cris de plaisir.

Non, non , etc.

Réjouis-toi, PEUPLE puissant , espère ;
Géant d'amour, de force et de beauté,
Un homme, un Dieu t'a dit : « Je suis ton PÈRE,
» Nouveau Messie, et voix de vérité,
» Ma vie entière est dans l'Humanité ;
» Phare éclatant, je domine l'orage ;
» Aux naufragés j'offre un port désormais ;
» D'un ciel ami je suis l'heureux présage ,
» J'annonce à tous, le règne de la Paix. »

      Non, non, etc.

Sèche tes pleurs, sensible et tendre Mère ,
Guide chéri d'un être chancelant ,
Sèche tes pleurs, l'affreux droit de la guerre
Ne viendra plus, exécrable tourment,
Te déchirer jusque dans ton enfant.
Mais tu verras ce fils, ton bien suprême ,
Grandir en force , en amour, en vertus ;
L'homme de Paix, voilà l'homme qu'on aime,
Car c'est celui qui nous aime le plus.

      Non, non, etc.

Quoi c'est sur toi que sans honte on se rue ,
Fille du Peuple, on rit de ta candeur,
Et par ta chair, trafiquée et vendue,
En se jouant l'infâme suborneur
Marque ton front du sceau du déshonneur !

                           2

Mais non, l'honneur, seul bien de nos familles,
N'est plus le lot d'un pouvoir effronté ;
Ah ! pour nos Sœurs, nos Mères, et nos Filles,
La FEMME enfin va crier : Liberté !

Non, non, etc.

En dépouillant le maillot qui t'outrage,
Lange honteux qui retient ton essor,
Vas, romps tes fers, sois l'homme d'un autre âge,
Que ton geôlier, ridicule Mentor,
Aide ton œuvre, et l'injurie encor,
Effort divin, leçon haute et vivante,
O dévoûment, le plus pur, le plus beau,
Peuple salut, ta voix sonore chante,
Ton corps altier revêt l'habit nouveau.

Non, non, plus de tempêtes
D'effroyables conquêtes,
Dont nous souffrions tous ;
De fleurs parons nos têtes,
Chantons l'hymne des fêtes,
L'avenir est à nous,
L'avenir est à nous,
L'avenir est à nous,
L'avenir est à nous.

VINÇARD.

LA PROLÉTAIRIENNE.

Ah ! quand le Prolétaire
Féconde, embellit, charme tout,
Pour prix de ses sueurs et de son long dégoût,
N'aurait-il donc que la misère ,
Que la misère!

Pauvres nous sommes ,
Oh! mes amis, et chaque soir,
En **DIEU** seul mettant notre espoir,
Nous lui disons : Père des hommes...
Peut-être que demain
Nous n'aurons pas de pain !

Ah! quand, etc.

Gerbes dorées,
Dont nous creusâmes les sillons,
Plaines, montagnes aux grands fronts,
Que nous avons tant labourées!...
Vos fruits si beaux, si doux,
Sont pour d'autres que nous !

Ah ! quand, etc.

Soie ondoyante,
Laine ravie aux doux agneaux,
Qui devenez par nos travaux
Vêtemens, parure éclatante...
Souvent nous et nos fils
Nous n'avons pas d'habits !

Ah! quand, etc.

Tours élevées,
Palais aux dehors opulens,
Dont les intérieurs brillans
Semblent des demeures de fées...
Ceux qui vous ont construits
Qu'ils ont de froids réduits !

Ah! quand, etc.

Toi, douce FEMME,
Qui consoles par ton baiser,
Pauvre, si tu viens épouser
Celui qui n'a rien que son âme...
Pour vous, pour vos enfans
Que de jours de tourmens !

Ah! quand, etc.

Oh! DIEU suprême ,
Nous te devons aussi le jour;
Déjà des hommes pleins d'amour

Viennent, inspirés par toi-même,
Partager nos travaux
Nos peines et nos maux.

Courage, oh! Prolétaire !
Féconde, embellis, charme tout,
Sèche enfin tes sueurs, calme ton long dégoût,
Bientôt pour toi plus de misére,
Plus de misère !

CORRÉARD.

LE PEUPLE.

Qui féconde la terre?
Qui plante bois et vignes?·
Qui sème les moissons?
Qui, pour chacun, prépare
L'habit et la parure,
La chair, le pain, le vin ?...
Peuple fier, Peuple fort,
C'EST TOI.

Ton cœur est bon, voici mon cœur;
Ton bras est fort, je suis à toi ;
Voici mon bras;
Je suis à toi;
Je suis au PÈRE,
Au PÈRE, à **DIEU,**
A la vie, à la mort,
A la mort, à la vie,

Qui des flancs de la terre
Tire le grès, le marbre,
L'or, le plomb et le fer?
Qui fait sa face belle

En la parant de villes,
De chars et de vaisseaux ?...
Peuple fier, Peuple fort,
C'EST TOI.

Ton cœur est bon, etc.

Qui, pour les grandes choses
Enfante les grands hommes ?
Qui sait les couronner ?
Qui, sur la terre entière,
Six mille ans fit la guerre ?
Qui la fera cesser ?...
Peuple fier, Peuple fort,
C'EST TOI.

Ton cœur est bon, etc.

Oh ! voyez sa stature :
Tout entier à son œuvre,
Qu'il est superbe et grand !
Dans sa fatigue, il chante,
Tend la main à son frère,
Pour tous veut le bonheur !...
Peuple beau, Peuple grand,
C'EST BIEN.

Ton cœur est bon, etc.

Aux échafauds, aux mines,
Ses pieds sont dans la terre,

Sa tête fend les airs,
Ses grands yeux étincellent,
Ses bras nerveux s'agitent ;
Il est rouge et suant!..,
Peuple grand, Peuple beau,
C'EST BIEN.

Ton cœur est bon, etc.

Dans le feu, la poussière,
Aux ateliers, aux forges,
Bravant la soif, la faim ,
Jamais rien ne l'arrête ;
Il grandit, il s'élève,
Il va, c'est un géant !...
Peuple grand, Peuple beau,
C'EST BIEN.

Ton cœur est bon, etc.

On charge ses épaules,
On charge, on charge encore :
Il ne sait pas plier:
Bien, dit-il, DIEU m'éprouve;
» Espérons avec calme,
» Travaillons, je suis fort. »
Peuple calme et puissant,
SALUT.

Ton cœur est bon, etc.

« Oui, répète le PEUPLE,
» Travaillons... et qu'importent
» Oisifs et vagabonds !
» Ma force leur pardonne :
» Un oisif n'est pas homme,
» C'est un chétif enfant. »
Peuple calme et puissant,
    SALUT.

Ton cœur est bon, etc.

» DIEU veut que je travaille,
» C'est que DIEU me fait homme;
» Je nourris les enfans;
» A quiconque Travaille
» DIEU promet récompense :
» J'attends en travaillant. »
Peuple calme et puissant,
    SALUT.

Ton cœur est bon, voici mon cœur;
Ton bras est fort, je suis à toi;
    Voici mon bras;
    Je suis à toi;
    Je suis au PERE,
    Au PERE, à DIEU.
  A la vie, à la mort,
  A la mort, à la vie.

                A. ROUSSEAU.

L'ARCHE DE DIEU.

Tous les partis, l'œil en feu
Se déchiraient, mais sur l'onde,
Afin de sauver le monde,
Nous montons l'Arche de DIEU.

Paix, paix à l'univers,
Plus de guerres
Soyons frères ;
Paix, paix à l'univers,
DIEU fait tomber tous les fers.

D'un pas plus prompt et plus sûr,
Rouget fit marcher la France,
La Fraternité commence,
Pour nous plus de sang impur.
Paix, paix, etc.

Vous, que Juillet fit trembler,
Montez aussi dans notre arche;
L'HUMANITÉ TOUJOURS MARCHE,
Rien ne la fait reculer.
Paix, paix, etc.

Avec la Paix cessera
La famine qui dépeuple;
Gouvernans, aimez le Peuple,
Le Peuple vous aimera.

    Paix, paix, etc.

Plus de maîtres, de valets,
Plus de tyrans, plus d'esclaves,
Plus de lâches, plus de braves :
En bons frères, aimons-les.

    Paix, paix, etc.

Vous, qui voyez dans la paix
Le bonheur et la lumière,
Venez sous notre bannière,
Venez chanter à jamais.

    Paix, paix, etc.

Grouppons de cœurs généreux
Notre sainte hiérarchie,
Pour étouffer l'anarchie,
Place au talent malheureux !

    Paix, paix, etc.

Pour convertir l'ennemi,
Que notre chœur soit sonore,
Des voix, puis des voix encore,
Et son trône est envahi.

    Paix, paix, etc.

Tous les sérails sont ouverts,
L'Isman dans le vin s'inspire,
L'Orient apprend à lire,
BARRAULT traverse les mers.

Paix, paix, à l'univers,
Plus de guerres
Soyons frères :
Paix, paix à l'univers,
DIEU fait tomber tous les fers.

SOLDATS, OUVRIERS, BOURGEOIS.

Soldats, Ouvriers, Bourgeois,
Aimez-nous, aimez notre PÈRE ;
Soldats, Ouvriers, Bourgeois,
Aimez-vous, voilà notre loi.

Mille cris partout répétés
Viennent assiéger notre asile,
Et calmes et le front tranquille,
Nous leur répondons : Ecoutez !

Soldats, etc.

Ils ont dit : Armons-nous contre eux
De mandats et de baïonnettes,
Et nous, chantant l'hymne des fêtes,
Nous annonçons des jours heureux.

Soldats, etc.

Qui peut arrêter notre ardeur ?
Devant des juges qu'on nous traîne,
Pendant qu'on forge notre chaîne,
Nous répétons toujours en chœur :

Soldats, etc.

Notre crime c'est de vouloir
Affranchir le PEUPLE et la FEMME ;
C'est de sentir au fond de l'âme
Et leurs douleurs et leur espoir.

   Soldats, etc.

Quand le PEUPLE expire de faim,
Que sa grande voix nous appelle,
Pouvons-nous lui crier : Rebelle,
Attends encor jusqu'à demain?

   Soldats, etc.

Nous l'avons pressé de s'unir,
Et sur son immense bannière,
Au milieu de flots de lumière,
Nous avons écrit -- *l'Avenir*.

   Soldats, etc.

La FEMME criait : Malheur !
Son front pâlit par la souffrance ;
Dans une froide indifférence
Devions-nous fermer notre cœur?

   Soldats, etc.

Non, non, notre PÈRE a parlé ;
Le doigt posé sur la blessure,
Par sa bouche hardie et sûre,
Le remède fut révélé.

   Soldats, etc.

D'une éclatante vérité,
Qui fait rougir et qui réveille,
Nous avons frappé leur oreille ;
Ils ont dit : Immoralité !

Soldats, etc.

Comme une autre langue de feu,
Cette parole de lumière
Dans les palais, dans la chaumière,
Descendra sur l'aîle de **DIEU**.

Soldats, etc.

Elle ira, grandissant encor,
Résonner par toute la terre
Et fera rouler notre sphère
Au sein d'un éternel accord.

Soldats, etc.

Peuple ! le Temple est ouvert :
Qu'aux accens de ta Foi profonde,
Sur le vaste orchestre du monde,
S'élève un sublime concert.

Soldats, Ouvriers, Bourgeois,
Aimez-nous, aimez notre PÈRE ;
Soldats, Ouvriers, Bourgeois,
Aimez-vous, telle est notre loi.

LAGACHE.

LE CHANT DU POETE.

Poëte, tu chante
Ta plainte touchante,
Et tu veux des pleurs.
Chante les misères,
Les larmes des Mères
Et des Travailleurs ;
Tu trouveras dans leur âme
L'écho que ta voix réclame.

Patience,
Tolérance,
Corrigeront tous les travers;
Plus de haines,
Plus de chaînes,
Et nous sauverons l'Univers.

Bien loin de ta Mère,
Toi, qui pour la guerre,
Désertas tes champs,
Et qui dans nos villes
Des luttes civiles
Éteins les volcans,

Apprends du **DIEU** qui pardonne
A ne plus tuer personne.

> Patience, etc.

Seule en sa demeure,
Cette Femme pleure
Amour sans espoir;
Ou cachant ses larmes,
L'autre vend ses charmes
Au pain du devoir.
Aimer est saint, légitime ;
Mais le mensonge est un crime.

> Patience, etc.

Familles nombreuses,
Fourmis travailleuses
Qui nourrissez tout,
Pauvre **PEUPLE** : espère ,
Un sort plus prospère
Va briller partout ;
DIEU dans ses justes balances
Pour tous a des récompenses.

> Patience, etc.

Riche, sois sans crainte ;
Ta personne est sainte ;

3

Mais des Travailleurs
Soulage la peine ;
Sois leur Capitaine
Aux champs des labeurs ;
De tous accroîs le bien-être,
Sois leur père et non leur maître.

Patience, etc.

Vous qu'un sacrifice
Glace d'avarice,
Laissez-moi parler :
J'ai quitté ma Mère,
Celle qui m'est chère,
Pour vous consoler ;
Car il faut, au nouveau Temple,
Prêcher, mais prêcher d'exemple

Patience,
Tolérance,
Corrigeront tous les travers ;
Plus de haines,
Plus de chaines,
Et nous sauverons l'Univers.

J. MERCIER.

ÇA VIENDRA.

Ça viendra, ça viendra, ça viendra ;
   Espérance,
   Persévérance;
Ça viendra, ça viendra, ça viendra;
Tout le monde un jour nous aimera.

Quoi ! des Fils de SAINT-SIMON
Les paroles prophétiques,
D'un moderne Parthenon
N'ébranlent pas les portiques !

 Ça viendra, etc.

Quand donc l'accent enivrant
De notre bien-aimé PÈRE,
Ira-t-il retentissant
Régénérer notre terre ?

 Ça viendra, etc.

Mais dans ce monde si vieux,
Que dans sa base il s'écroule,
Comment étaler aux yeux
L'Avenir qui s'y déroule ?

 Ça viendra, etc.

Le PEUPLE, d'un fer brûlant,
Est marqué jusqu'en sa race ,
De ce cachet infamant
Quand donc se perdra la trace ?

   Ça viendra, etc.

Du bonheur, hélas ! l'accès
N'est ouvert qu'à l'opulence,
Ne brisera-t-on jamais
Ce vieux droit de la naissance ?

   Ça viendra , etc.

Que fait le PEUPLE ? il attend.
Eh ! quoi, son accent sonore
A ce concert éclatant
Ne se mêle pas encore !

   Ça viendra, etc.

L'Avenir est radieux,
Mais j'entends le bruit des guerres,
Qu'il tarde ce siècle heureux
Où les hommes seront Frères !

   Ça viendra , etc.

Que tes exploits sont cruels !
Guerrier ! qu'ils coûtent de larmes ;
Quand donc nos chants fraternels
Feront-ils tomber tes armes ?

   Ça viendra, etc.

Vont-ils, les vieux bataillons,
Par d'heureuses représailles,
De jaunissantes moissons
Couvrir leurs champs de batailles?

    Ça viendra, etc.

Quand verrons-nous donc enfin,
La Paix, seule souveraine,
Des hommes prenant la main
Former une immense chaîne?

    Ça viendra, etc.

Enfans, soulagez mon cœur,
Luira-t-il ce jour prospère
Où cent mille voix en chœur
Exalteront notre PÈRE?

Ça viendra, ça viendra, ça viendra,
      Espérance,
      Persévérance,
Ça viendra, ça viendra, ça viendra,
Tout le monde un jour nous aimera.

VINÇARD.

APÔTRES, BON VOYAGES !

Allez, où DIEU vous appelle,
Reflets du PÈRE, allez partout ;
Annoncez la bonne nouvelle,
Allez, faites-vous tous à tout :
Vous voyant partager sa peine,
Que le pauvre espère au bonheur :
Par l'amour éteignez la haine,
Elle enfante toute douleur.
Prédites la fin de l'orage
Que la guerre allume en tout lieu,
   Apôtres, bon voyage;
      A DIEU!

Puissiez-vous par l'opulence
Ne jamais être repoussés :
Puissent toujours par l'indigence
Être accueillis vos corps lassés ;
Puissent les champs, dont le silence
De tant de soupirs est témoin,
Où se versent, sans espérance,
Tant de pleurs, enfans du besoin.

L'été vous offrir un ombrage,
L'hiver un siége au coin du feu.
    Apôtres, bon voyage!
        A DIEU !

    Auprès du bois qui pétille,
Là, pour vous écouter le soir,
Si jeune garçon, jeune fille,
Autour de vous viennent s'asseoir :
Peignez-leur bien l'âme du PÈRE,
Son regard, ses cheveux flottans :
Dites-leur surtout qu'une MÈRE
Manque aux baisers de ses Enfans :
Peut-être elle croît au village
CELLE qui doit révéler DIEU....
    Apôtres, bon voyage !
        A DIEU !

    Au Levant que DIEU ressème,
Qui dans le sang marche au Progrès,
Que le janissaire lui-même,
Porte respect à vos bérêts.
Là, si vos yeux percent le voile
Qui cache la FEMME SAUVEUR ,
Vous reconnaîtrez cette étoile
A son front empreint de grandeur :

DIEU respire en son beau visage,
Il est l'éclair de son œil bleu....
   Apôtres, bon voyage!
    A DIEU !

   Devant vos pas, ô Prophètes !
S'ouvriront de nouveaux chemins :
Allez, et bientôt dans nos fêtes
Puissions-nous represser vos mains :
Oui, quand le monde qui vous nie,
De vous aura reçu l'Amour,
Venez : le sang qui vivifie
Au cœur prend la vie à son tour.
Saintes abeilles, à l'ouvrage !
Au miel nous avons part un peu;
   Apôtres, bon voyage!
    A DIEU !

CORRÉARD.

EN ROUTE, COMPAGNONS!

En route, Compagnons !
Quand une voix de frère
Nous appelle et nous dit : Marchons !
De rèves qu'aurions-nous à faire ?
Valent-ils la réalité
Du tableau d'un matin d'été ?
Redonnons la vie à notre âme,
A notre corps :
Des dormeurs sont presque des morts.
Debout! le Travail nous réclame.
Allons, debout! allons,
En route, Compagnons !

En route, Compagnons !
Vers les cieux l'alouette
S'élève, entendez ses doux sons
Que la nuée aux champs répète.
Le coq, d'un cri retentissant,
Annonce l'astre éblouissant.

Joyeux et mouillés de rosée,
                Les oiselets
Aux blés, aux buissons, aux genets,
Trouvent une pâture aisée.
        Allons, debout! allons,
        En route, Compagnons!

            En route, Compagnons !
            Secours au Prolétaire!
Près de lui, bientôt nous serons
Aux flancs ténébreux de la terre.
Qui, plus que les pauvres mineurs,
Mêlent des larmes aux sueurs ?
Le malheur, comme un large gouffre
            Est là béant;
Mais le Pacifique Géant
Nous envoie à celui qui souffre,
        Allons, debout ! allons,
        En route, Compagnons !

            En route, Compagnons !
            Et qu'en notre voyage,
Ces chants qu'hier nous entonnions.
Agrandissent notre courage :
De la route les accidens
Serviront d'entr'acte à nos chants.

Du but prochain de notre course
    Nous causerons...
Mais, les bérèts ornent nos fronts :
Gaîment, sans le sou dans la bourse,
    Allons, debout! allons,
    En route, Compagnons!

CORRÉARD.

LE COMPAGNONAGE DE LA FEMME.

Compagnons de la FEMME,
Si sa voix nous réclame,
De cœur, de bras et d'âme,
Soyons prêts ;
Que nul effort ne coûte,
De fleurs semons sa route,
Et que la terre écoute
Nos chants de paix :
De fleurs semons sa route,
Et que la terre écoute,
Nos chants de paix,
Nos chants de paix.

PEUPLE, rends hommage à la FEMME,
Et change tes cris en concerts ;
Ne maudis plus un joug infâme,
Sa main détachera tes fers;
Douce, majestueuse et belle,
Elle fait bénir sa bonté,
Et la paix marche devant elle :
C'est l'ange de la Liberté.

Compagnons, etc.

Voici la fin de ta souffrance :
Les rois étaient d'ingrats tuteurs :
Ils deshéritaient ton enfance ,
Et s'engraissaient de tes sueurs ;
PEUPLE , tu n'avais pas de MÈRE ,
Et tu souffrais sans être plaint ;
DIEU ne veut plus de ta misère :
Tu ne seras plus orphelin.

  Compagnons , etc.

Partis ! c'est l'heure de la trève ,
La FEMME paraît dans vos camps ;
Ah! loin , loin de vous votre glaive ,
Embrassez-vous , fiers combattans.
Prompte à désarmer l'indigence
En bonne Mère , entre ses Fils ,
C'est elle qui tient la balance ,
Et les frères vivent unis.

  Compagnons , etc.

Plus de sang, de haine ou de guerre !
L'Atelier est un champ d'honneur ;
Le Travail embellit la Terre ,
La Gloire attend le Travailleur ;
PEUPLE , relève enfin la tête
De la poussière du chantier ,
La FEMME t'invite à la fête .
Et sa main te tresse un laurier.

  Compagnons , etc.

Ah! bientôt cet astre sans tache
Doit te faire un nouveau destin ;
Du bonheur, que l'ombre te cache,
Va, l'horizon est moins lointain :
La FEMME, au milieu de l'orage,
Luit comme l'étoile des mers ;
Ses feux te montrent le rivage
Des cieux amis et des flots clairs !
    Compagnons, etc.

PEUPLE, apprends à bénir LA MÈRE !
LE PÈRE est captif en prison,
Et TOI, captif dans ta misère :
Ensemble invoquons tous son nom.
C'est l'heure de la délivrance :
Prison ! rendez-lui son époux !
Enfin la liberté commence,
La FEMME nous a sauvés tous!

    Compagnons de la FEMME,
    Si sa voix nous réclame,
    De cœur, de bras et d'âme,
      Soyons prêts;
    Que nul effort ne coûte,
    De fleurs semons sa route,   *bis.*
    Et que la terre écoute
      Nos chants de paix.

              E. BARRAULT.

LE 1er DÉPART POUR L'ORIENT.

A BARRAULT.

Chers Compagnons, précipitez vos pas,
Le PEUPLE souffre et LA MÈRE est là bas!
Chers Compagnons, précipitez vos pas ,
Le PEUPLE souffre et LA MÈRE est là bas !

Gloire immortelle à ton sublime élan ,
Fils du vrai DIEU , verbe incarné du PÈRE,
Tonne, BARRAULT, pacifique volcan,
Ta lave au loin va saluer LA MÈRE.

    Chers , etc.

Quittez, quittez ces rivages honteux .
Où s'affublant d'un manteau jésuitique,
Le faux chrétien , payen luxurieux,
Vient invoquer la morale publique !

    Chers, etc.

Ils ont osé, sur un front noble et doux,
Marquer le sceau de l'insulte et des peines ;
FEMME *Messie*, accours à ton *Époux*,
Du PEUPLE en lui tu vas briser les chaînes.

    Chers, etc.

Chantez, enfans, on a hissé les mâts ,
A vos accords le vent gonfle la voile ;
Bon matelot cingle vers les climats
Où tu verras la plus brillante étoile.

Chers, etc.

Ah ! pour toucher ces rivages chéris,
Il faut, hélas ! affronter les tempêtes;
Mais je suis calme, ô mes braves amis,
La Femme et DIEU veilleront sur vos têtes.

Chers, etc.

Rêve enchanteur, ô prisme glorieux!
Oui, je la vois ; salut, ô sainte terre!
Tombez bérêts ! vos chants harmonieux,
Frappez ces bords, éveillez notre MÈRE.

Chers, etc.

A votre voix, que le fier Musulman,
D'un pur amour sente embraser son âme ;
Et que par vous son orgueilleux turban
S'abaisse enfin à l'aspect d'une FEMME.

Chers, etc.

De l'*Orient* fondez la liberté,
Un cri de Femme, au jour de délivrance,
Va, du sérail , par l'écho répété,
De l'*Occident* rompre l'affreux silence.

Chers, etc.

Sur les débris du trône des Césars,
Croix et *Croissant*, qu'une paix éternelle
Confonde enfin vos *sacrés* étendards,
Dans la CROYANCE à la FOI MATERNELLE.

Chers Compagnons précipitez vos pas,
Le PEUPLE souffre, et LA MÈRE est là bas !
Chers Compagnons précipitez vos pas,
Le PEUPLE souffre, et LA MÈRE est là bas !

VINÇARD.

PLUS DE SANG !

Comme pour une fête,
Voyez hommes, chevaux et chars,
Brillans de galons, de brocards,
Pavoisés d'étendards ;
Vont-ils à la conquête
D'une Amérique, d'un Jourdain,
Non ! -- pour quelques pieds de terrain
Ils tueront leur prochain.

En rang !
Que notre Foi vous guide,
Non ! non ! plus d'homicide !
Plus de sang ! plus de sang ! plus de sang } *bis.*

Montagnards pacifiques,
Citoyens de tous les pays,
Par nous, point de climats maudits,
Point de Peuples haïs !
Dans nos mains plus de piques,
De fusils, de fer destructeur ;
Nos pères, sur le champ d'honneur
Ont prouvé leur valeur.

En rang ! etc.

De la torche vendale
Ranimons le dernier carreau,
Brûlons avec son tombereau
        L'établi du bourreau.
        Impie est la morale
Qui punit l'homme de la faim ;
Faites donc des lois pour qu'enfin
        Tout le monde ait du pain.

        En rang! etc.

        Du Lapon jusqu'au Brame,
De la York au mont Golgotha,
Du Tage à la Bérésina,
        Partout on nous verra
        Pour le PEUPLE et la FEMME
Crier : liberté! liberté!
Et des voiles d'obscurité !
        Fendre l'immensité !

        En rang!
    Que notre foi vous guide ;
    Non! non, plus d'homicide   } bis.
Plus de sang! plus de sang! plus de sang!

                    J. MERCIER.

NOUS VOILA !

Nous voilà, -- Nous voilà,
Jamais en vain **DIEU** ne nous appela,
Nous voilà, -- Nous voilà,
PEUPLE, pour toi nous sommes toujours là;
Nous voilà,
Notre **PÈRE** a parlé, nous voilà;
Nous voilà,
Reconnais tes amis, nous voilà !

Dans les soupirs et les larmes,
PEUPLE, ô mes seules amours,
Sous le faix de tes alarmes
Las ! courberas-tu toujours ?
Reprends, corbleu ! reprends ton gros sourire,
Ton gai zon zon et ton joyeux lan la,
De tes douleurs enfin le terme expire,
L'Humanité jamais ne s'immola;
Désespoir.... halte-là !

Nous voilà ! etc.

Le siècle en vain nous outrage,
Et menace nos abris,
Aime-nous, et d'un vieil âge
Laisse crouler les débris.

A notre aspect, signal de délivrance,
Vois-tu s'enfuir le pied qui te foula ;
Et vous, témoins d'une longue souffrance,
Tristes échos que sa voix fatigua,
    Sons plaintifs... halte-là !
      Nous voilà! etc.

    La coutume surannée,
     Avec règles et compas,
    Veut à sa marche bornée
    En vain limiter tes pas.
Romps cette absurde et caduque contrainte
Qui tord, qui brise, et toujours désola ;
Tout homme est BON, *toute nature est* SAINTE
Devant la FOI que **DIEU** nous révéla,
    Loi de fer... halte-là !
      Nous voilà! etc.

    Le cercle qui t'environne
    S'agrandit à notre accent,
    Entends-tu la voix qui tonne :
    « Place, place à l'indigent! »
Arrière enfin, pouvoir de la naissance,
Vieux sceptre usé que la force imposa,
Dans les plateaux de l'Humaine balance,
Ton poids honteux, las ! trop long-temps pesa ;
    Droit du sang... halte-là !
      Nous voilà! etc.

Oui ! qu'aux accords pacifiques
De nos chants libérateurs,
Cessent des haines publiques
Les sanguinaires clameurs ;
Assez long-temps tes luttes meurtrières
Ont déchiré le sein qui te porta ;
Assez long-temps tu fis pleurer nos Mères,
Et d'un sang pur, ton pays s'abreuva ,
Citoyen... halte-là !
Nous voilà, etc.

De l'ardeur qui nous enflamme,
Peuple, partage les feux,
Viens exalter de la FEMME
Les Compagnons glorieux ;
Ecoute bien, c'est au fond de l'Asie
Que désormais ce cri retentira :
» La FEMME *est libre et son maître est impie*;
» Honte éternelle à qui l'opprimera ,
» Musulman... halte-là ! »

Nous voilà, -- Nous voilà!
Jamais en vain DIEU ne nous appela,
Nous voilà, -- Nous voilà,
PEUPLE, pour toi, nous sommes toujours là ;
Nous voilà,
Notre PÈRE a parlé, nous voilà
Nous voilà,
Reconnais tes amis, nous voilà!

VINCARD.

LES SAPEURS

DE L'ARMÉE PACIFIQUE,

Malgré les cris, le haro,
Les procès et Figaro ;
Enfans de la liberté,
Saint-simoniens sans fierté,
Nous annonçons les beaux jours
    Oui les beaux jours ,
    Oui les beaux jours ,   *bis.*
Nous annonçons les beaux jours
Du Travail et des Amours.

Quoiqu'on nous dise poltrons ,
Sans crainte nous nous montrons,
Et nous avons en Juillet
Bravé l'éclair du boulet ;
Maintenant plus de courroux ,
    Plus de courroux,
    Plus de courroux ,   *bis.*
Maintenant plus de courroux ,
Nous voulons la paix pour tous.

Comme le Peuple aux chantiers,
Portons hache et madriers,
Nos barbes et notre front
Par le soleil brunirent :
Et nous serons les sapeurs
    Oui, les sapeurs,
    Oui, les sapeurs,
Et nous serons les sapeurs
Du Peuple des Travailleurs.
} *bis.*

A bas! remparts, arsenaux,
Meurtrières et créneaux !
Qu'à la bêche qui nourrit
Cède le fer qui détruit,
Fils de **DIEU**, chantons la paix,
    Chantons la paix,
    Chantons la paix,
Fils de **DIEU**, chantons la paix,
Tous les hommes sont Français!
} *bis.*

Que dans tout le genre humain
Il ne soit plus d'orphelin ;
Soleil de la liberté
Fais briller la vérité;
Soyons frères, entr'aidons-nous,
    Entr'aidons-nous,
    Entr'aidons-nous,
Soyons frères, entr'aidons-nous,
DIEU fit le bonheur pour tous.
} *bis.*

N'imitons pas ces oisifs
Que le travail rend poussifs ;
Nous aurons pour parchemins
Les durillons de nos mains ;
Aucun titre n'est meilleur,
   Rien n'est meilleur,
   Rien n'est meilleur,   *bis.*
Aucun titre n'est meilleur
Que celui de **TRAVAILLEUR**.

J. MERCIER.

2ᵉ DÉPART POUR L'ORIENT.

Bon voyage,
Bon voyage,
Frères chéris, généreux compagnons ;
Bon voyage,
Bon voyage,
D'âme et de cœur nous vous accompagnons ;
Bon voyage,
Bon voyage !

Sac sur le dos, et bâton à la main,
Gousset garni du denier prolétaire,
Que sur ce front, toujours calme et serein,
Viennent s'user l'insulte et le dédain.
A **DIEU**, partez, que notre saint amour
Prêché par vous, embrase enfin la Terre;
A tant d'efforts la FEMME, libre un jour,
Accordera le baiser du retour.

Bon voyage, bon voyage,
Frères chéris, etc.

Entendez-vous les sourds gémissemens
Qu'arrache en vain une horrible souffrance ;
Le PEUPLE, hélas ! le PEUPLE a si long-temps
Cherché le terme à ses cruels tourmens.

Guidez vers lui le feu consolateur ,
Et dans son cœur ranimez l'espérance ;
Devant ses yeux ternis par la douleur
Faites briller l'arc-en-ciel du bonheur.

Bon voyage, bon voyage ,
Frères chéris, etc.

Cessez vos chants et vos cris belliqueux ,
Guerriers ! Voici la milice nouvelle
D'hommes d'amour bataillon glorieux ,
Dont les exploits monteront jusqu'aux cieux.
Oui , qu'à l'aspect de vos nobles bérets
Se fonde enfin notre FOI MATERNELLE ;
Qu'une voix femme après tant de souhaits ,
Frères , réponde à nos accens de Paix.

Bon voyage, bon voyage ,
Frères chéris, etc.

Si par la faim et la marche abattus ,
Vous mendiez la couche hospitalière,
Les chapelains de châteaux ne sont plus ,
Chez l'indigent, frappez , point de refus.
Chacun ici , baume réparateur ,
Partagera sous ce toit de misère,
Le feu , la paille et la joyeuse humeur ,
Et le pain noir du pauvre Travailleur.

Bon voyage, bon voyage,
Frères chéris, etc.

La vieille Europe , ô mes braves amis,
Nous forge encore des verroux et des chaînes ;
J'entends râler sur leurs gonds raffermis,
Ces murs de fer qu'on croyait en débris;
Allez, portez aux frères d'Orient ,
Du Piémontais les soupirs et les peines ;
Mais dites-leur que LE PÈRE est gisant,
Qu'il est captif , et que le PEUPLE attend.

Bon voyage,
Bon voyage,
Frères chéris, généreux compagnons ;
Bon voyage.
Bon voyage,
D'âme et de cœur nous vous accompagnons,
Bon voyage,
Bon voyage!

VINÇARD.

RÉVEILLEZ-VOUS.

Réveillez-vous !
L'horizon se colore ;
Voici l'aurore
D'un bonheur pur et doux. } *bis.*

Enfans
Souffrans
D'un âge
D'esclavage,
Plus de baillons,
Plus d'ignobles haillons!

Voici le jour,
FEMMES,
Vos belles âmes
Vont fixer sans retour
Le règne de l'amour. } *bis.*

Froide vertu,
Vieille et sèche morale,
De ton front pâle
Ne nous attriste plus! } *bis.*

Passé
Glacé,
Controuve,
Et réprouve!
Soins superflus !
Chez nous *tous sont élus.*

Voici, etc.

Quoi! dans vos cœurs
Régnant en souveraine,
La froide haine
Se nourrit de vos pleurs!   *bis.*

Sans foi
Sans loi,
Le monde
Vit et gronde;
Soyez heureux:
PEUPLES, ouvrez les yeux.

Voici etc.

Courage, allons!
L'oisif est un impie!
De l'industrie
Formons les bataillons!   *bis*

Vaillans,
Brillans,
Tenue
De revue!
Marchons au pas
Comme de vieux soldats.

Voici, etc.

Sous nos drapeaux,
FEMMES, votre sourire
Mieux que ma lyre
Formera des héros. } bis.

Un mot,
Bientôt,
Attache
A la tâche
Qu'un doux baiser
Saura récompenser.

Voici, etc.

Entendez-vous
Trompette pacifique,
Notre musique,
Nos chants graves et doux? } bis.

Forçons
Chassons,
La guerre:
La misère,
Travail, plaisir,
Voilà notre avenir!

Voici le jour,
FEMMES,
Vos belles âmes
Vont fixer sans retour
Le règne de l'amour!

bis.

J. MERCIER.

L'APÔTRE.

A BARRAULT, A RIGAUD, A HOART.

C'est pour toi, -- PEUPLE c'est pour toi,
  Que sans regrets et sans effroi,
      Que sans alarmes,
      Et sans larmes,
  L'Apôtre entonnait avec feu
  En nous tendant la main d'adieu :
    » PÈRE, salut, et gloire à DIEU ,
  » Gloire à DIEU,--Gloire à DIEU.

LE PÈRE a dit : « Le Passé nous contemple ,
» Enfans , il aide à notre activité ;
»Le siècle est prêt, fondons le nouveau Temple,
» Vous le Travail , moi la Captivité ;
» Oui , cette époque est grande et séculaire,
» A notre palme elle ajoute un fleuron ,
» Soldats de paix, votre plus beau chevron ,
» C'est le baptême du salaire. »
      C'est pour toi, etc.

A cette voix qui secoue et qui brûle,
A ce regard qui fait vibrer les cœurs,
L'amour du PÈRE, enivrant véhicule,
A fait surgir des flots de Travailleurs.

A Lyon! à Lyon! voilà leur cri de guerre,
Et puis ces mots volent de rang en rang,
Allons apprendre à *vivre en travaillant,*
    Dans le pays du prolétaire.

        C'est pour toi, etc.

Le voilà donc ce Fils de l'opulence,
Qui, mollement, sur un soyeux duvet,
Naguère encore au sein de l'indolence
Sur nos douleurs sèchement discourait ;
Mais plein de foi dans la voix qui lui crie :
« De tous liens ma volonté t'absout ; »
Enfant de DIEU sa famille est partout;
    L'Univers, voilà sa patrie.

        C'est pour toi, etc.

Le voyez-vous, haletant de fatigue,
L'Apôtre grand, l'Apôtre toujours fort,
Torrent fougueux il a rompu la digue,
Flot mugissant il envahit le port ;
A son aspect tout l'Avenir se fonde,
Oisiveté, couvre-toi d'un linceuil !
De l'esclavage il creuse le cercueil,
    A lui seul d'affranchir le Monde.

        C'est pour toi, etc.

La main de plomb qui te marque ta place,
Fille du pauvre, est là pour te flétrir.
Du cercle étroit que la misère trace,
Sans honte, hélas ! tu ne pourras sortir;

Mais patience ; espère encore, espère,
L'Apôtre est là souffrant de tes douleurs ;
Il sent tes maux, il voit couler les pleurs,
 Il est calme, il attend LA MÈRE.

 C'est pour toi, etc.

Soulève donc ta pesante paupière ;
Peux-tu rester sans gestes et sans voix?
Voici l'Apôtre ! ah ! reconnais ton Père,
PEUPLE, ose enfin le bénir cette fois.
Vois-tu son corps affaissé vers la terre ;
Voix-tu son front sillonné par le temps ;
Ah ! dis, pour qui brave-t-il les autans ?
 Pour qui souffre-t-il la misère ?

 C'est pour toi, -- PEUPLE c'est pour toi,
 Que sans regrets et sans effroi,
 Que sans alarmes,
 Et sans larmes,
 L'Apôtre entonnait avec feu
 En nous tendant la main d'adieu :
 « PÈRE, salut, et gloire à DIEU,
 » Gloire à DIEU -- Gloire à DIEU.

 VINÇARD.

LE BON ANGE.

Du bonheur porte le message;
Courage, ô bon ange, courage!
Fais jusqu'au plus lointain rivage
            Retentir
      Ton chant d'avenir.

Fais vibrer ta lyre sonore
O mon Génie ! ô mes amours !
Réveille-toi, voici l'aurore
Et de la paix et des beaux jours ;
Le soleil perce le nuage,
Entonne l'hymne du plaisir.

      Du bonheur , etc.

Il m'en souvient; l'âme flétrie,
C'était au jour de nos malheurs,
J'épanchai sur notre patrie
Et mes premiers vers et mes pleurs,
C'est toi qui, d'un si grand naufrage,
Charme encore le souvenir.

      Du bonheur, etc.

Oui, c'est au bruit de la tempête
Aux cris de nos soldats mourans,
Que ma faible voix de poëte
Par toi flagellait nos tyrans.
Mais de ces quinze ans d'esclavage
 Le PEUPLE vint nous affranchir.

     Du bonheur, etc.

Mais grandis ta sainte allégresse ;
C'est pour le PEUPLE, c'est pour **DIEU**,
Qu'ici de ton auguste ivresse,
J'invoque le plus noble feu,
Le monde à ton nouveau langage
D'émotion va tressaillir.

     Du bonheur, etc.

Oui, c'est pour le PEUPLE et la FEMME
Que tes accens libérateurs,
Du flambeau de ta vive flamme,
Iront embraser tous les cœurs.
Dis à tous que d'un nouvel âge
 Leur félicité va sortir.

     Du bonheur, etc.

Du PEUPLE fais compter les rides,
Les blessures et les douleurs,
Et montre les terrains arides

Fertilisés par ses sueurs.
Pour toi sa peine est le présage
De l'œuvre qui va s'accomplir.

Du bonheur, etc.

La FEMME ! ah ! qu'une bouche impie
N'ose plus, blasphême honteux,
Salir une si belle vie,
De son cynisme ignominieux ;
Venge-la du cruel outrage
Que sur elle on fait rejaillir.

Du bonheur , etc.

Le PEUPLE ! il est si misérable!
La FEMME est dans l'oppression !
De la chaine qui les accable
Brise jusqu'au dernier chaînon.
L'écho d'un glorieux parage,
En ton amour va t'affermir.

Du bonheur porte le message
Courage , ô bon ange , courage !
Fais jusqu'au plus lointain rivage,
          Retentir
      Ton chant d'avenir.

VINÇARD.

HYMNE DES TRAVAILLEURS

A LA GLOIRE.

Gloire sublime et belle,
    Etends tes mains sur nous ;
Viens donc apaiser nos courroux ;
Viens donc d'une palme immortelle,
Cachant la trace de nos pleurs,
Ceindre le front des TRAVAILLEURS.

O Gloire ! épouse du génie,
Mère des généreux desseins,
Viens de ta face rajeunie
Consoler les pauvres humains ;
Humides de sang et de larmes
Tes lauriers sentent le cercueil,
Change en outils tes vieilles armes,
En chants d'amour tes chants de deuil.

    Gloire sublime, etc.

D'une colonne triomphale,
Napoléon fit son pavois ;

Sa grande main impériale
L'a pétrie du bronze des rois.
Nous, Travailleurs infatigables,
Nous, le bras du grand créateur,
Serons-nous toujours misérables?
N'aimes-tu que les destructeurs?

Gloire sublime, etc.

Sur le sein des plus intrépides
La croix brille d'un feu sacré;
Et les vieux soldats invalides
Dorment en un temple doré.
Nous qui maintenons l'abondance,
Qui tissons les riches habits,
Pour nous, jamais de récompense!
Des guenilles et le mépris!

Gloire sublime, etc.

O Gloire! est-ce là le partage
Que tu promets à tes enfans?
Non, non! bons Travailleurs, courage!
Nous serons aussi triomphans;
Nous aurons des chants et des fêtes,
Des habits aux vives couleurs,
Des Panthéons et des Poëtes,
Pour exalter les Travailleurs.

Gloire sublime, etc.

PEUPLE, on va fonder la noblesse
Sur le mérite et le travail ;
La roture c'est la paresse ;
Gloire, conduis leur gouvernail ;
Assez d'héroïques naufrages
Ont signalé tes longs détours,
Que leur vaisseau touche aux rivages
Et du bonheur et des amours.

  Gloire sublime, etc.

Levez-vous, milice ouvrière,
Non pour brûler, mais pour bâtir ;
Marchez victorieuse et fière,
Ouvrez les champs de l'avenir ;
Respirez, villes de merveilles,
Ruches, où tous travaillerons ;
Le miel appartient aux abeilles,
La paix a chassé les frélons !

  Gloire sublime et belle,
  Etends tes mains sur nous ;
Viens donc apaiser nos courroux ;
Viens donc d'une palme immortelle,
Cachant la trace de nos pleurs,
Ceindre le front des TRAVAILLEURS.

     J. MERCIER.

A REVOIR.

AU PÈRE.

Loin de ces bords, puisque **DIEU** vous appelle,
Et qu'en vous seul est notre unique espoir,
Portez à tous votre bonne nouvelle ;
  Mais à revoir,
   A revoir,
   A revoir !
  PÈRE à revoir,
   A revoir,
   A revoir !
   A revoir,
   A revoir !

Sous les verroux, dans un silence horrible ;
Le doute affreux tissait un noir linceuil ,
Et de la mort immuable, inflexible ,
Déjà le doigt de fer indiquait un cercueil ;
Mais dépouillant son manteau d'inertie ,
D'un **DIEU** d'amour le Verbe triomphant
A dit : « Cessez , triste et lente agonie ,
» La FEMME souffre et le PEUPLE m'attend. »

Loin de ces bords, etc.

Vous nous quittez! Et pour long-temps peut-être
Privés des feux d'une sainte clarté ,
Nos yeux ternis salueront-ils un maître
Au mirage trompeur du cri de... liberté !
Non ; les élans de notre âme oppressée
Vers l'Orient vous accompagnent tous,
Dans chaque cœur votre image est tracée ,
PÈRE, Vos Fils sont toujours avec Vous !

   Loin de ces bords, etc.

Oui , **DIEU** le veut, quittez donc ce rivage ,
Témoin ingrat de vos nobles travaux ;
Voyez déjà celui qui vous outrage
De vos plus vieux habits endosser les lambeaux.
A votre amour initiez la Terre,
Et quand enfin vous nous direz : « Debout !
» Accourez donc, Enfans , voici LA MÈRE ! »
Nous serons tous et pour vous et partout.

   Loin de ces bords , etc.

Assez long-temps et de sang et de larmes
Notre vieux monde inonda ses enfans ;
Assez long-temps le tumulte des armes
Fut la communion des peuples gémissans.
Qu'à vos accens sacrés et tutélaires ,
Jusques aux cieux monte un concert divin,
Qu'à votre aspect tous les peuples en frères,
Chantent en chœur et se donnent la main.

   Loin de ces bords , etc.

O jour heureux ! éclatante victoire !
Réveille-toi , PEUPLE ! entends-tu nos cris ;
Viens partager notre avenir de gloire,
Le *soldat pacifique* a salué Memphis ;
Plus de barrière ; une sainte alliance
Va joindre enfin les enfans des deux mers.
PÈRE , salut ! Le siècle qui commence
Voit votre gloire et vous forgea des fers.

Loin de ces bords, puisque DIEU vous appelle,
Et qu'en vous seul est notre unique espoir,
Portez à tous votre bonne nouvelle,
        Mais à revoir,
          A revoir,
          A revoir !
PÈRE à revoir,
          A revoir,
          A revoir !
          A revoir,
          A revoir !

VINÇARD.

L'APPEL.

LE PÈRE nous appelle,
  Unissons-nous;
  Plus de querelle
  Plus de courroux ;
Voici la Croisade nouvelle ,
FEMMES, PEUPLES, accourez tous ;
Voici la Croisade nouvelle
Chantez et marchez avec nous.
  LE PÈRE nous appelle ,
    Accourez tous ,
  LE PÈRE nous appelle,
    Unissons nous.

Echo divin, doux signal d'allégresse,
  Enfin vous traversez les mers,
Du feu sacré de notre sainte ivresse,
  Allez embraser l'univers.
    Jusque dans la chaumière
    Du pauvre laboureur ,
    Portez de notre PÈRE,
    L'accent libérateur.

LE PÈRE nous appelle, etc.

Présage heureux de l'ère qui s'avance
Entonnons le chant du départ;
PEUPLES, voici l'heure de délivrance,
Etes-vous prêts? point de retard!
Quittez donc ce rivage
Abandonnez ce port,
Où règne l'esclavage
La misère et la mort!

LE PÈRE nous appelle, etc.

De ton pouvoir viens saluer l'aurore
Femme! ange de félicité,
Fais marier à notre accord sonore
Les sons si doux de ta bonté ;
Source pure de vie
Viens, parle, et désormais,
Mèle ta voix chérie
A nos accens de paix.

LE PÈRE nous appelle, etc.

Bon TRAVAILLEUR! suis-nous et prends courage
Tes maux sont finis pour jamais;
D'un sol ami, d'un ciel exempt d'orage
Viens partager les doux bienfaits ;
Au cri de ta misère,
S'ouvriront tous les cœurs,
Et la main d'une MÈRE,
Viendra sécher tes pleurs.

LE PÈRE nous appelle, etc.

Et toi mon vieux, toi qui pour la patrie
Naguère affrontant le trépas,
Des bords du Nil aux glaces de Russie
D'un Chef aimé suivais les pas,
Viens ombrager tes rides
D'un immortel fleuron,
Viens sur les pyramides
Inscrire encor ton nom.

LE PÈRE nous appelle
Unissons-nous
Plus de querelle,
Plus de courroux.
Voici ta Croisade nouvelle,
FEMMES, PEUPLES, accourez tous,
Voici la Croisade nouvelle,
Chantez et marchez avec nous.
LE PÈRE nous appelle
Accourez tous,
LE PÈRE nous appelle,
Unissons-nous.

VINÇARD.

L'AVENIR EST BEAU.

A ROGÉ ET MASSOL.

Salut, vous que raille le monde,
Vous qu'il salit de son dédain ;
Salut, nous vous tendons la main,
Et que la votre nous réponde ;
Long-temps sur nos yeux un bandeau
Au ciel nous cacha votre étoile :
Vous avez déchiré le voile,
L'avenir est à vous, et l'avenir est beau. (*bis*.)

Elle était pure la bannière
Qu'au grand jour levèrent vos bras,
Lorsque, pacifiques soldats,
Vous combattiez dans la carrière ;
Jamais de sang sur ce drapeau,
Jamais de brutales vengeances
Pour vous venger de leurs offenses :
L'avenir est à vous, et l'avenir est beau.

Alors, à la bouche un sourire,
Après avoir séché vos pleurs,
Racontez-nous donc vos douleurs,
Vos jours de joie et de délire ;

Sur le chemin vous buviez l'eau ,
L'eau de la source avec l'outrage ;
Oh ! maintenant prenez courage :
Car nos verres sont pleins *, et l'avenir est beau.

Ici , restez long-temps, ô frères !
Restez, nos siéges sont à vous ;
Frères, nos jours seraient si doux ,
Nos peines seraient si légères ;
Partagez-vous notre manteau,
Partagez-vous notre existence,
Et donnez-nous pour récompense
Une part d'avenir, car l'avenir est beau.

Mais non , l'Orient vous appelle,
Allez féconder ses déserts ;
Faites géantes dans les airs
Les tours de *la ville nouvelle*.
Partez ! muette en son berceau ,
La FEMME est là bas qui sommeille ;
Partez que votre voix l'éveille :
L'avenir est à vous , et l'avenir est beau.

P. MAYNARD.

* Ces couplets furent chantés par Maynard
et Pelletan, à la suite d'un déjeûner qu'ils
offrirent à Rogé et Massol lors de leur ren-
trée à Paris, en automne 1833.

MARCHE DES TRAVAILLEURS.

Marche en ordre, chante en chœur,
        PEUPLE, confiance,
        Ton règne commence;
Marche en ordre, chante en chœur,
        L'Ere du bonheur
        S'ouvre au TRAVAILLEUR.

Sors enfin de la vieille ornière
Où l'on te traîna si long-temps,
Une pure et sainte lumière
Va guider tes pas triomphans.
        Trompette éclatante
        Une voix puissante
        Tonne en chaque lieu:
        Le PEUPLE c'est... DIEU.

Marche en ordre, etc.

Courbé sous la toute-puissance
De l'aveugle fatalité
Le droit affreux de la naissance
Refoulait ton obscurité,

Mais non plus de gênes
De honteuses chaînes,
Montre à tous les yeux
Ton front glorieux.

Marche en ordre, etc.

Ce fut dans le péril des armes,
Au sein du meurtre et des débris
Au milieu du sang et des larmes
Naguère, hélas! que tu grandis ;
 Mais tant de souffrance
 De persévérance,
 Scellent pour jamais
 L'amour de la paix.

Marche en ordre, etc.

Dis-nous ta gloire et tes services,
Dans les combats, dans le chantier ;
Montre les nobles cicatrices
De l'artisan et du guerrier.
 Honneur et patrie,
 Courage, industrie,
 A des noms si doux
 Tu fus tout à tous.

Marche en ordre, etc.

Entend le signal prophétique
Retentir au milieu des mers;
Ton Avenir est Pacifique,
Et ton Pays c'est l'Univers.
    Cet accent sonore
    Du Nil au Bosphore
    Jusque dans Paris,
    Inspire nos cris.

Marche en ordre, chante en chœur
    PEUPLE, confiance,
    Ton règne commence ;
Marche en ordre, chante en chœur,
    L'Ere du bonheur
    S'ouvre au TRAVAILLEUR.

VINÇARD.

A L'ORIENT.

(Partition de Henri Reber.)

A l'Orient -- à l'Orient -- à l'Orient !
   Majestueuse et solennelle,
   La voix du PÈRE nous appelle ;
   A l'Orient -- à l'Orient !
   Majestueuse et solennelle
   La voix du PÈRE nous appelle ;
A l'Orient ! marchons, marchons à l'Orient !

FRÈRES, prenez vos rangs, déroulons à la brise
   L'oriflamme des TRAVAILLEURS ;
   Suivons ses brillantes couleurs
Qui marchent en avant vers la terre promise.
Sonnez clairons, sonnez le départ dans les airs ;
Notre drapeau n'a plus assez du ciel de France,
Aux minarets d'Egypte il faut qu'il se balance,
Sentinelle de paix, aux yeux de l'Univers.

     A l'Orient, etc.

Et les Peuples diront, à notre allure franche,
   Où marchent ces nouveaux soldats ?
   Et les Peuples suivront nos pas.
Et s'en viendront grossir notre sainte avalanche.

Vieux monde! éveille-toi; qu'au bruit de nos clairons,
Tombe dans ses fossés ta robe de muraille :
Pour payer le pain noir du pauvre qui travaille
Nous voulons monnoyer l'airain de tes canons.

    A l'Orient, etc.

    (*Les hommes seuls,*)

Et les FEMMES aussi qui disent: Nous en sommes;
    Et qui, se prennent à nos bras ;
    Et qui pour marcher notre pas ,
Attachent à leurs pieds la sandale des hommes.
FEMMES ! venez , venez ; l'Orient est à vous :
Vos voix nous soutiendrons gracieuses et pures;
Vos baisers sont puissans à guérir nos blessures,
DIEU MÈRE, en vos souris, donne un sourire à tous.

    A l'Orient, etc.

    (*Les femmes seules.*)

Nous avons tant d'amour, tant de Foi dans nos ames,
    Que partout nous l'épanchons ;
    FEMMES APOTRES , marchons !
Allons au loin réveiller d'autres femmes,
Humanité ! vieillie en la douleur,
Nous te crions au fond de ta misère
Humanité nous te crions : Espère !
La FEMME vient vers toi, tressaille de bonheur!

    A l'Orient, etc.

Halte! voici la mer! aux bords de ces rivages
   L'émotion a pris nos cœurs:
   N'ayons pas honte de nos pleurs!
Les larmes iront bien à nos mâles visages.
FRÈRES! dans la douleur épanchons nos regrets
Pour la Mère-Patrie, et les beaux lieux d'enfance;
Prions la dernière heure aux rivages de France;
Oui, FRÈRES, prions tous!.,. Reviendrons-nous jamais!

PERE ! la route est longue et les railleurs sont forts
Oh! pour nous prémunir contre ceux du dehors,
Que ton puissant regard plane sur la Famille;
Qu'il brille à l'Orient comme l'étoile brille,
PÈRE! la route est longue et les railleurs sont forts.

   (Les hommes seuls.)

MON DIEU ! fais que les pleurs que nous versent nos Mères
   Tarissent pendant leur sommeil ;
Avec nos plus beaux jours fais-leur des jours prospères,
Et que leur main nous bénisse au réveil !

   (Les femmes seules.)

L'homme pour ses plaisirs élevait notre enfance;
Sa main, comme un roseau, faisait courber nos fronts
DIEU! tu veux qu'aujourd'hui notre règne commence;
Bonheur et paix à TOUS! Hommes, nous vous aimons.

   (*Tous.*)
   PÈRE ! la route est longue, etc

A l'Orient -- à l'Orient -- à l'Orient !
        Majestueuse et solennelle ,
        La voix du PÈRE nous appelle
        A l'Orient -- à l'Orient!
        Mejestueuse et sotennelle
        La voix du PÈRE nous appelle;
A l'Orient ! marchons, marchons à l'Orient!

Nos Pères étaient grands, quand , soldats intrépides.
        Ayant du sang à leurs mousquets .
        Ils se parlaient de leurs hauts-faits ,
Et vainqueurs, prenaient l'ombre au pied des Pyramid
Et nous aussi , là-bas, nous aurons des grandeurs,
Des gloires, des hauts faits à remplir notre vie,
Nous serons grands comme eux, soldats de l'INDUSTRI
Ne versant pas de sang, mais versant des sueurs.

        A l'Orient , etc.

Alors ils nous verront , en travailleurs agiles ,
        Avec nos lanières de fer
        Dompter les sables du désert ;
Et comme des palmiers, croîtront partout des villes;
Et le sol revêtu des fleurs de nos guérets
Comme un riche divan de pourpre triomphale,
Sera, dans l'avenir, la couche nuptiale
Où deux mondes viendront s'épouser dans la paix.

        A l'Orient , etc.

F. MAYNARD.

LE DÉPART.

DÉDIÉ A ROGÉ.

Apôtre, en avant, en avant !
Roule,
Roule,
Et que la foule
Du pauvre Peuple gémissant,
T'accompagne en te bénissant.

Alerte ! voici la lumière
Qui perce et vient guider tes pas,
La Voix de **DIEU**, la Voix du **PÈRE**,
Appelle ton cœur et ton bras,

Apôtre, etc.

La Mère a soulevé son voile !
Vas dire aux Frères d'Orient,
Qu'une resplendissante Étoile
Scintille aux voûtes d'Occident.

Apôtre, etc.

Dépouille d'un monde en servage
Les vieux langes et le jargon,

Du PEUPLE apprend le gros langage,
La chansonnette et le juron.

Apôtre, etc.

Plus de castes, plus de familles,
Ouvre enfin l'ère de bonheur
Où, du PEUPLE les pauvres Filles
Puissent aimer sans déshonneur.

Apôtre, etc.

Cours de tous essuyer les larmes,
Et que les Peuples désormais,
Jetant leurs meurtrières armes,
Se donnent le baiser de Paix.

Apôtre, etc.

Pacifiant toutes les haines.
Force donc les Législateurs
A compter les anneaux des chaines,
Qui pèsent sur les Travailleurs.

Apôtre, etc.

Qu'il est beau l'Apôtre ! et que j'aime
A lire dans ses yeux si doux,
L'ardeur sainte, l'amour suprême,
Qui l'anime au bonheur de tous!

Apôtre, etc.

A lui les plaisirs et les fêtes,
A lui les peines, les douleurs,
A lui la gloire, les conquêtes,
Les sarcasmes et les clameurs!

     Apôtre, etc.

Vas, ta vie est grande et remplie,
La Misère en trace le cours,
Sa voix incessante te crie :
« Je souffre, ami! marche toujours! »

  Apôtre, en avant, en avant,
      Roule,
      Roule,
    Et que la foule
Du pauvre Peuple gémissant,
T'accompagne en te bénissant.

              VINÇARD.

LE RETOUR.

DÉDIÉ A DELAS.

Place au grognard
De Prolétaire
   Qui, du PÈRE,
En vrai flambard
Fait respecter l'Étendard.

Amis, ouvrons nos rangs,
Et que du fond de l'âme,
En concerts éclatans
S'échappent nos accens ;
Voici le compagnon
Du PEUPLE et de la FEMME,
Le ferme champion
Contre l'oppression.

    Place etc.

Il n'est point jusqu'aux os
Farci de musc et d'ambre,
Il n'a point de bons mots,
De piquans à-propos ;

Dans le séjour des cours
Il n'a fait antichambre
Qu'avec nos trois grands jours ,
Et les gens des faubourgs.

Place, etc.

Comme ses gros habits
Sa forme est gauche et rude ,
Il est très-peu soumis
Aux usages polis ;
Mais du malheur d'autrui
Son cœur a fait l'étude,
Toujours le pauvre en lui
Trouvera son appui.

Place, etc.

Apôtre voyageur,
Dis-nous si la misère,
Devant ta sainte ardeur
Fit taire sa douleur,
Et si le Travailleur
En nommant notre PÈRE ,
Sent tressaillir son cœur
D'espoir et de bonheur.

Place, etc.

De nos discours de Paix,
Ce baume tutélaire,
Chasse-t-il pour jamais
La guerre et ses excès ?
Et les yeux attendris
As-tu vu quelque Mère,
Écouter tes récits
En embrassant ses fils?

Place, etc.

Raconte enfin. mon vieux,
Tes exploits pacifiques,
Redit-on en tous lieux
Nos refrains glorieux ?
Et la FEMME à son tour,
A nos chants prophétiques
Mêlera-t-elle un jour
Son cantique d'amour ?

Place au grognard,
De Prolétaire
  Qui, du PÈRE,
En vrai flambard
Fait respecter l'Étendard.

VINÇARD.

TABLE DES MATIÈRES.

FIN DE LA TABLE.

IMPRIMERIE DE PETIT,
ruc Saint-Denis, 38o, passage Lemoine

www.ingramcontent.com/pod-product-compliance
Ingram Content Group UK Ltd.
Pitfield, Milton Keynes, MK11 3LW, UK
UKHW022320070726
13614UKWH00002B/862